노을일기

기다리지 않아도

권·효·남·제·7·시·집

신세림

기 다리지 않아도

권·효·남·제·7·시·집

기다리지 않아도

기다리지 않아도 찾아오는

日出

日沒

해돋이와 해넘이의 장관은

막상막하지만 그래도

해넘이가 더 눈물나게 아름다운 건

내 나이 탓일까.

2004년 6월

저자

차례

노을일기 / 기다리지 않아도

권효남 시집

차례

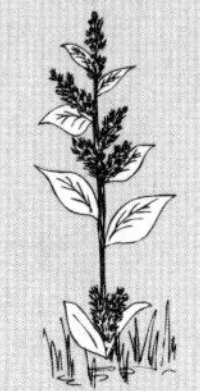

권효남 시집

노을일기/기다리지 않아도

기다리지 않아도

에미 마음

큰 아들 입대 후
거리의 군인들이
모두 내 아들

아들 제대 후
점차 생각이 바뀌데.

내 집이 천국

남의 집이 아무리 궁궐이면 뭐 하노
비록 움막이어도 내 집이 세상에서
제일 편안한 천국.

봄햇살

독립문 공원 벤치에 홀로 독 앉아
봄햇살과 정담을 나누다

암울한 터널 빠져 나오느라
얼마나 고생이 많았느냐 물으니
미소로만 답변.

二重性

참으로 사람들의 마음은

간사하고 묘해서

온갖 편의 시설을 이용하고 즐기면서

또 최첨단의 문화 생활을 선호하면서도

한 켠으로는 고색창연하고

고풍스런 멋을 동경하고

그리워하네.

파주시 공릉 저수지에서

물 속에 잠긴
靑山 雲山은
무릉도원

수줍어 풀숲에 숨어 핀
연분홍 보랏빛 싸리꽃들은
첫사랑 앓이로 가련한데

수면은 금세
변심 잘하는
여자

경조사 초대장

빈도 잦은 불청객
공과금 청구서 만큼
부담스럽구나.

절대자

절대자인 신도 가끔은
실수를 하는가
그리고 때론 사람처럼
망령도 부리는가
질투도 통곡도…….

자긍심 1

枯葉처럼 가랑이꽃* 퇴화돼

별볼일 없지만

시 쓰는 자긍심에 산다.

*가랑이꽃:고양문협 김완구 시인의 시구 인용

자긍심 2

낼 모레가 古稀인데
두 개의 봉분 내 가슴선은
아직도 막 내리지 않은
봄동산.

세대 관계

젊은 이들은 내 과거의 모습이고
현재의 나는 젊은 이들의 미래의 모습.

사라진 가을

며칠 째 황소바람이 기고만장
겨울은 가을을 한 달 앞서
왕따시켰다
그러고 보면 우리 나란 이제
겨울과 여름이 봄도 가을도
다 잡아먹는구나.

세상에서 가장 아름다운 악기

세상의 모든 악기 중에서

사람의 육성이 가장

아름다운 악기라는데

세계적인 삼대 오페라 가수

루치아노 파발로티

도밍고

호세 카레라스는

순수 악기 중에서

대표적 상징.

어느 어머니의 아들

엊그제 입대한 아들이
분말로 돌아 와
"불효 자식을 용서하세요
 장 파열이래요."

행군

아들 낳지 말자
하나 둘 셋 넷

초열지옥 같은 삼복 허리
씩씩하게 구호 외치며
백여 리를 행군하는
대한의 아들들.

94년도 창작 수필

-13집 가을호

태어난 지 두 돌짜리를

책상 서랍에 가둔 채

돌보지 못했더니

초로의 노인 같구나

미안코 아쉽다만

겉늙은 너를 나는 배신한다.

회귀 본능

하얀 대리석 피부에
조각상 닮은 코
서구적 미남 바람 한 점이
배냇짓 웃음 날리며
지난날 내 추억의 강 건너편에서
손짓을 하고 있다.

11월 말의 날씨

맨날 날씨가 왼쪽 가슴에
잿빛구름 명찰만 달고 나와
나의 우울증을 배가시킨다.

우리 농산물의 현주소

농약을 마시고 피를 토하며

자살해버려도 시원찮을

오늘의 박복한 팔자여

그래도 그들에겐

옛적 보릿고개가

예우받는 황금기였지

날마다 죽어간다

신토불이.

콩나물

농약을 마셔도 끄덕없는

화려한 비단뱀

그 생산공장 주인

자기 가족들에겐 안 먹인다네

우리들만 조금씩 죽이고.

부천 문협 C지부장

제자와 후배가 커지는 것
두려워하던 15년 장기 집권자
몇 년 전 하늘로 이사가고
지금은 지구촌에 없네.

머리맡에 탑처럼 쌓이는 책들

이젠 다 소용없다
몇 해 전 병석에 누워
임종을 예감한 박재삼 시인의 말은
머잖은 미래 우리 모두의 과제.

출산 과정

어머니는 머리에 사자밥을 이고
기를 쓰고

태아는 지구에 떨어지는 순간
외마디 소리

어미와 아이는 왜 동시에
절규를 하는가.

99년도의 歲暮 달력 앞에서

99년도의 형제 자매들이

이미 다 출가를 하고

바다 위에 작은 섬처럼

혼자 외로이 떠 있던 막내마저

그의 분신들을 떨구어버리고

몇 잎 안 남은 잎새들이

매일 벼랑으로 추락사 하는구나

새 천 년 열풍에 밀려서.

남의 말

오 십 프로 공제하고 듣기
때론 누구나 야누스적

사실은 눈물나게
부정하고픈 말.

C 학점

C 학점은 최근 내가

내 아들의 Y셔츠 다림질한 솜씨를

내 스스로가 평가한

나의 실기 점수다.

바담 풍 바람 風

바담 풍이 남더러는

바람 風 바르게

발음하란다.

여느 사내의 절규

누구 나랑
동반자살할 동지 어디 없나
빚더미에 올라앉아 절규하는 사내

그의 앞에 손 번쩍 드는
단 한 사람
그의 그림자

두 얼굴의 의약품

모든 의약품의 효과 효능을 믿는다면
죽을 사람 하나도 없네

그러나 부작용은 독약 투성이
빠져 나갈 구멍 만들어 놓았구나.

퇴화 감정

전혀 초면일망정
누가 내게 좁쌀 알갱이만한
친절을 베풀면 나는 금세
감격의 눈물이 왈칵 솟는
늙은 소녀.

컴퓨터 이제 걸음마

내가 겨우 워드를 쳐서

인쇄할 줄 안대서

컴맹 탈출이라고 자부할 순 없네

끊임없이 깜빡이는 커서는

무엇을 합성 분해하란 지시인지

죽음의 예시 같아 두렵기까지.

계명성 2

요즘은 수탉의 절규가 전혀 안 들리네
수상타 어디로 이사를 갔나
혹여 어느 저자거리에서
슬픈 운명을 대기하고 있는 거나 아닌지
아니면 이미 성대암으로 죽었나
그도 아니면 데릴사위로 팔려 갔나
그도 저도 아니면 그 간이 발정기였나.

스트레스 해소 방법

하루 왼종일 비바람이

꺾은선 그래프를 그리며

쏟아지는 폭풍 속을

홀로 전력달리기 하면

탑처럼 쌓인 스트레스

해소시킬 수 있을까.

TV 화면으로 본 백두산

온몸에 억년 흰 망또를 뒤집어 쓰고
금빛 햇살로 치장한 자태
너무 현란해 내 눈이 멀 것 같구나
그의 정수리에 나는 꿈 속에서나
오를 수 있을는지.

묵시 같은 나의 죽음 뒤

내가 지구상에서 사라진 후에도
얼마동안은 우편물이
낙엽처럼 쌓이겠지

내 죽으면 석양에 물든
나목군단에 영입해
조용한 자연이 되리라.

내 수첩에서 지워지는 사람들

생을 졸업한 이들의
성명과 전화 번호에다
朱線을 긋자니 감회가 묘하네

나도 예외는 아니어서
나보다 뒷차로 오는 친분있던 사람들이
내가 이승에서 제대하면
나와 마찬가지로 그들 수첩 명단에서
어김없이 제명되겠지.

내 立像

덕수궁 열린미술 마당에서
대학생들이 실기 연습용으로
A4 용지에다 무료로 그려 준
애니매이션 형식의 내 입상은
지금의 나를 썩 잘 대변해 주네

뱁새눈 자라목 절구통허리 황새다리
그래도 멋쟁이 전직교사 시인 할머니.

동행하는 꿈과 현실

현실 감각이 함량 미달인 나는
없어진 수인선 협궤열차의 낭만적인
낡은 추억을 반추하는 노여류 시인인데

가요교실에서 만난 나와 동갑내기
H여인은 소래포구로 새우젓 사러 간다는
실용적 애기만
꿈과 현실이 동행한다.

반비례 현상

시인은 나날이 홍수처럼 범람하고
무성한 풀숲으로 웃자라는데
독자들은 거의 없네.

미래의 현재성 과거성

현재는 아득히 멀던 미래에게
왕따당하는 과거

눈물나게 적적한 먼 훗날이
오늘로 다가와 나를 슬프게 하네

희망의 상징이던 미래는
이제 거의 다 먹어버려
조금밖에 안 남은 미지수
남은 날에 감사.

시와 나

1.

나는 시가 좋아서

내 마음의 밭에

시의 씨앗을 뿌리고

시를 재배하며 사는

엊그제 과거엔 시인 선생님

현재는 시인 할머니.

2.

나의 희망

나의 보람

나의 님

나의 신앙

나의 생명

내 삶의 전부

그가 아프면 나도 아프고

그가 늙으면 나도 늙고
내가 죽으면 그도 죽고
그가 나요 내가 그.

백화점 세일 매장에서

칠십 킬로그램 이상으로 보이는
어느 비계덩이 여인이
특대 정장을 걸쳐보고
자기가 자신 몸 학대한 생각은 않고
옷만 나무래고 돌아서더라

그녀와 밤일 치루는 남편은
얼마나 곤욕스러울까
쓰잘데기 없는 노파심

백화점 거울 앞에서
나는 날씬한 미녀
집에 와 화장대에 비춰 본
내 모습은 그게 아니어서 실망
백화점 거울은 요술쟁이

마포 노인 복지관에서

속말로 때려 죽여도 살인도 안 나겠는
녹슨 청동빛 거울 모습의 군상

내 마음은 평생 사춘기인데
눈깜짝 사이 나도 이들과 동지

상대를 통해 흑사리 껍데기 같은
자화상이 확인됨이 환멸스러워
봄햇살이나 많이 챙겨 둘 걸

욕먹을 참말이지만 나를 비롯해
노년 인구들이 좀 본향으로 돌아가야
지구가 정리될 터인데.

사랑의 어휘

남용치 말 일
어차피 가변적임에

초기엔 그 어떤 사랑도
성냥불이 휘황하게 점화되는
순간에 비유할 수 있지만
금세 꺼져버리고 말
한시적인 열정.

2002년 임오년의 내 토정비결

새해 내 점괘는
새옷을 입었을까
남루를 걸쳤을까
아프지 말고 구설수나 없었으면

호기심이 충동질
종로 2가 종로 3가 사이 인도에
휘장을 드리우고
구릿빛 안면 콧등에다 돋보기를 걸친
꾀죄죄한 노인에게 본 토종비결은

얼씨구! 올해 삼재가 들었단다
대충 훑어보니 열 두 달 내내
내 온몸을 송곳으로 찔러대는 말 뿐

빌어먹을 맞지도 않으면서
되레 안 보니만 못해

작년처럼 그냥 건너 뛸 걸
하지만 나쁜 일은 꼭 맞춘다니까.

故 李秋林 시인

세상이 사막처럼 척박하니
초현실주의 시를 쓸 수밖에

그러나 독자가 거의 없었을
그의 측은한 생애를
나는 연민한다

단풍이 좋아 단풍이 좋아
단풍길 따라 나들이 가신 당신
어찌해 다시 돌아올 줄 모르시나요

무려 551쪽의 장시집 〈太陽을 火葬하고〉를
초기엔 난해하고 지루해
읽기 시도 몇 차례 실패하다가
요즘 마치 성경 책 읽듯
하루에 몇 쪽씩 감상하네

특이한 발상이 활어처럼 싱싱해
오히려 식상하지 않고 충격적
97년 작고하기 이전에 나는
종로 안국동에서 두어 차례
상봉 식사 대접을 했지만
좀 더 자주 가까이…….

세모의 광화문

칠보 별꽃이 만개한 세종문화회관 주변
나뭇가지들의 행렬은 이국 풍취

교보문고 거리에선
자선냄비가 눈물을 흘리는데
그 냄비에 자선을 듬뿍 베풀면
천당 갈 수 있을까나

해마다 세모면 괜스레 나는 왜
사춘기 소녀인 양 가슴이 설레는가.

3차 의료기관

상처의 깊은 골짜기를

보수공사 한답시고

지반을 건드려서

다른쪽 벽들을 더 헐어놓는

약 주고 병 주는 일

보상 받을 방법이 없구나

특진 MRI 결과

요추 4, 5 마디 디스크 진단

근본 치료가 아닌 진통 소염제 처방

수술 권유나 미궁인 의술 신뢰할 수 없고

더더욱 특진의들은 환자 앞에서 황제

질문엔 아예 벙어리 어쩔 수 없이

그래도 우리는 실험 도마 위에 오르지만

때로 발생하는 오진이나 의료 사고

불신시대라는 명사는 고금을 막론하고

항상 존재.

우리 집 가구

내 나이 만큼 함께 살아 온
내 손때 묻은 가구들을 나는 한 번도
배신한 적이 없네

그들 역시 오늘까지 나를 깎듯이 예우
앞 뒤 옆구리 매일 두고 바라보아도
물릴 줄 모르는 우리들의 지겨운 사랑이여

막상 이사하면서 내 또래
늙은 장롱과 정분을 끊자니
마치 내가 나를 배신하는 기분
갈등이 생기데

사지가 멀쩡하고 장기도 아직 튼실
관절도 이상이 없는데
다만 구식 옷 걸쳤다는 이유로
그냥 데리고 가자니 그렇고

공중에 앉은 새 몸 같은 불안 감정이.

변화가 공포증

하늘 오르는 늘씬한 건물들은
都心의 말쑥한 신사 숙녀

그 신선한 몸매에 사람들은 거의가
매료 당하게 마련이지만
나는 구닥다리 옷 걸친 村婦인 양
주눅이 들어 비실비실 숨고 싶은
시대에 뒤진 異邦人.

눈 오는 날

눈 많이 와 쌓이는 날은
내 발목에 족쇄가 채워지는 날
40대 후반 우족 외측 인대파열로
수선한 다리가 다시 삐딱하는 날엔
재생하지 못할 테니
눈 오는 낭만은 이제 내 마음 속의
동화일 뿐.

삽화

동화책 삽화에서
창문에 드리운 커튼 자락은
현실보다 더 평화로워
이 세상 같잖네.

우는 하늘

하늘이 오늘은
슬픈 일이 있는지
온종일 눈물을 흘리고 있다
유리창도 덩달아.

천경자 화백

예술가로서는 정상 정복이나

初婚은 불완전 연소.

빨강 누비바지의 辯

어느 해 초겨울
골목 길바닥에 누워있던 나는
지천명 고개에 막 오른 듯한
한 중후한 여인에게 선택되어
몸값 5000원에 팔려 간 신부가 되었죠

첫 날 처음으로 주인 마님에게
손목 한 번 잡혀보고는 40여 년을
그 댁 장롱 속에 갇힌 채
배신당한 후궁 신세였죠

그런데 최근 내 신변에
이변이 생겼지 뭐에요
마님이 무릎바람이 나온다며
내게 구애를 하지 않겠어요
세상 오래 살고 볼 일이네요.

나르시시즘 시인

아무리 유명 시인이어도
시가 생산될 때마다
우수 제품일 순 없는데

어느 시인이 어떤 계기로
가슴에 최우수상 명찰을 달았다 해서
지나치게 격상시켜 놓는 일은
좀 오류이고 모순인 것 같네

그는 남의 시가 자기 잣대에 어긋나면
고개를 가로 젓고 장대로 후려치는
자기 도취증 환자

이 우상 앞에 둘러앉은 동인들은
그냥 묵과해버리지만
가뜩이나 연체동물에 가까운 나는
달팽이처럼 안으로 기어들어가

항변의 手話를 지껄이나
이미 내 심장은 히말라야 남서벽
마칼루 등반 길 크래바스로 추락해
실종되는 기분이네.

份 세대 호칭과 나

1.

10대 20대는 횟감

30대 40대는 매운탕감

50대 60대는 젓감이라는데

나는 이 서열에서도 맨 꼴찌

가진 것이라곤 옥양목 마음뿐.

2.

나는 어딜 가나 그믐 밤

사람의 체온 웃도는 삼복지절에도

내 가슴은 영하 기온 나는 왜

자꾸만 실패인간으로만 느껴지나.

3.

마음은 비록 거짓일지라도

나를 할머니라 부르지 말아다오

시장 거리 버스 안 전철 안에서

타인들에게 거짓말 같은 잔인한 사실
할머니라 불리우는 호칭이 당연한데도
나의 현실을 거부하네
나의 죽음을 일깨워 주는 낱말만 같아.

4.

전철 매표소 창구에서 최초로
무임 승차권 달라는 내 목소린
자라 목처럼 기어들었고
월 1만 2천원 3개월분 교통비소전
무통장 입금 안줌보다는 고맙지만
임스럽지 않았네 지금은 체념했지만
예우는 소외.

5.

학력 재력 화려한 경력 등
하나도 자랑할 게 없다는
덤으로 사는 古稀 이상은
평준화 세대.

세상에서 무서운 것

제 1호 태풍 불치병

제 2호 태풍 가난

제 3호 태풍 악연

제 4호 태풍 정신 질환자의 자학하는 모습.

봄의 축제

산과 들 곳곳마다 신생아들이
온몸에 예년과 다름없이
윤기 자르르 참기름을 바르고
고고의 함성을 터뜨리는데

일산초등학교 상징 제 1호인
수령 미상의 벼락맞은 은행나무도
옷매무새를 가다듬고 잎눈을 싹틔우니
대견스럽구나

나의 노익장 과시가
아직 시기상조일까
봄처녀도 아닌데 자꾸만
봄나들이 가고 싶구나.

522-2 시내 버스에서

서강대 방향 로터리에서

522-2 시내 버스가 신호등에 걸렸다

밑져야 본전 아이처럼 발을 동동 구르며

엄지 손가락으로 내가슴을 지적

벙어리처럼 手話를 하니

開門 두드려 열리다

운전석 반대편 맨 앞 좌석에 앉아 있던

한 여인 왈 애교가 그리 예쁘니

운전 기사가 안 열어 주겠나

기사를 비롯 승객들 모두가 웃더라

이 나이에 웬 애교라니

내 모자와 바바리코트가

나를 격상시켜 주었나 보다

그래 늙었어도 때론 애교 부릴 줄도 알아야

날개 돋힌 기분

어쨌거나 칭찬은 애 어른을 막론하고
자신감을 심어주는 묘약

집에서는 이마에다 내 川 자를 그리고
아파서 인상을 쓸망정.

나의 불멸의 연인 시

나는 숨어서 우는 휘파람새
당신은 정물

젊은 날부터 나는
당신을 흠모했건만
당신은 묵묵부답

비록 내가 당신 앞에서
외딴 섬일망정
내 삶의 마침표 찍는 날까지
당신을 사모하느라 숨어서 우는 일
변함 없을 거에요

이 사랑 당신은
모르셔도 돼요

시 쓰기는 점점 아득한
고비사막.

이런 상상

수 십 년을 두고 환절기는 물론
심심하면 시도 때도 없이
내 열 손가락을 방문해 오는 주부습진

만약에 내가 말로만 듣던 이름도 이쁜
소록도에 갈 기회가 주어져
나병환자들과 사랑의 악수라도 나눈다면
나는 그들과 한겨례가 되겠지
아! 생각만 해도 닭살 돋네

또 그들의 혈액을 체혈해
동물에게 수혈을 하면
그 실험결과도 동족이 되겠지.

그리움의 병

그리움의 실체는 지구촌

그 어디에도 존재하지 않건만

나를 포함해 모든 사람들은 왜 평생

그리움의 병에 시달리고 사는가.

지구촌 어느 지역의 장례 풍속도

-웃는 해골

하나 같이 하얗게 사윈 보름달들이

하얀 미소를 띄고

속세를 내려다보는 그들에게서

지금은 생전의 권력이나 업적을

가려낼 재간이 없네

다만 높은 신분의 상징으로

하늘 가까운 벼랑에 하관을 하는

지구촌 어느 지역의 풍속도

어차피 지구상에 존재하는

모든 생명체들은 부식되어

자연에 흡수되고 말 것이어늘

죽은 자를 위한 인력 시간 경비 낭비

그 복잡한 장례절차가 무상타.

컴퓨터에게

세계를 휘어잡고

사방 팔방 십육방으로 군림하는 너를

아마 나는 맨 꼴찌로 방문하는가 보다

그 간 먼발치로 안면만 있었을 뿐

웬일인지 경외스러워 너랑 상견례를 못했다

젊은 이들의 우상이요

현대의 지적 巨人이나 다름없는 너에게

부탁하노니 겹눈에다 삐뚤이로 따라가는

나의 보폭 괄세하지 말기 바란다.

신의 섭리

신은 인간 신체 내부의 구조를
예술적으로 복잡 미묘하게 빚어놓고는
어쩌자고 모든 부위마다
반란을 일으키게 하는가.

죽음

죽음은 늘 우리 곁을 서성이고 있다가
여차하면 블리자드*처럼 덮친다.

*블리자드:폭풍을 수반한 눈보라

입덧 심한 임산부도 아닌데

우리 어렸을 적엔
상한 음식도 많이 먹고 살았죠

그 시절 냉장고는
UFO만큼의 가상 물체
예전엔 장마도 길어서
해마다 장마 치른 재래식 부엌의
목조 찬장 안은 곰팡이 천국

쉰밥을 냉수에 몇 차례 헹구어
알갱이 빠진 밥 껍데기를 끓여 먹고
구토설사 목구멍이 포도청인지라
그래도 눈물은 어른들의 몫이었죠

요즘 대비마마로 격상한 내 입맛이
아침에 새로 만든 반찬이건만
점심 때 위장에서 거부하니

입덧 심한 임산부도 아닌데

신록 같은 음식만 눈과 입에

즐거우니 어쩌죠.

내 두 번째 시집의 표지화

늦가을 들녘의 초가집 한 채는
20대 후반 내유초등학교 재임 당시
내가 그린 토종 풍경화인데
문협의 어느 젊은 남자 회원이
고리타분하다고 지적

옛 것을 무용지물로 외면하는
세상 사람들을 탓하기 이전에
현재 내 노년의 초상화 닮은
상징을 건져올린 것 자괴할 일인가
열등감에 빠져서.

내 인생의 여로

출발점에서부터

신발에다 발을 맞추고 살아

찢어진 날개 깁다 보니

꿈은 실종되고 저만치서 어느새

땅거미가 뚜벅뚜벅 걸어오고 있다

존재를 까뒤집고 보면

남는 건 허무뿐.

지적인 흑인 신사

백설 신사복에 백설 구두

검정 넥타이 매고

TV에 출현한 지적인 흑인 신사

피부와 대비색이 얼마나 멋져 보이던지.

영화 봄날은 간다

건질 것은 해풍에 출렁이는
황금 벼이삭들의 거대한 파도소리

신선이 튕기는 琵琶 가락인가
천기누설인가
자연의 교향곡 끝 장면.

슬프고 아름다운 음악

감미로운 선율이 울고 있는

모차르트의 클라리넷 협주곡 2악장

마스카니의 가극 까발레리아 루스티카나 중 간주곡

자신의 운명같이 흐느끼는 선율 베토벤의 현악 4중주

부르흐의 스코트랜드 환상곡.

14호 태풍 매미

태풍의 눈이

반 시계 방향으로 팽이돌면서

미쳐 날뛰는 바람에

우리 나라 곳곳은 억장이 무너졌다

하늘 땅을 집어 삼키고도

시치미 떼고 있는 그.

활자 공해

시를 대량으로 생산해내고
거의 매 년 시집을 발간하는 시인들은
한 번 신중히 생각해 볼 일이네

나도 그 간 늦깎이로
시집 오 남매를 출산했지만
그건 마치 철부지 시절에
하룻강아지 범 무서운 줄 모르고 덤빈 격

나의 유서나 다름없는
내 시집들의 뚜껑을 다시는
열어보고 싶잖음이 솔직한 고백이네
이건 이율배반.

이상적인 배우자

누구나 저승에 가서도
발굴하지 못할 것 같다.

광화문의 은행나무

노란 죽음의 등을 켜고
소리없이 흐느껴 우는
그들이 집단 추락사 할라
마음 조여 이 가을 나는
애절한 연분홍 보랏빛 절망을

절망도 숙성시키면
묘약이 될까.

이상심리

날씨가 천지개벽이라도 할듯이
세상이 황달에 걸리고
비까지 수반하는 날
나는 가슴이 설레이고
이상 심리에 시달린다.

내가 나에게 쓰다 만 편지

사랑하는 당신인 나여
내가 당신을 사랑하지 않으면
누가 당신을 사랑하리까

그 예약의 날이 언제일진 모르지만
머잖아 어느 날 당신은 체온을 놓고
쓰다 만 편지처럼 시의 향기를
집안 갈피마다 남긴 채 늦가을 스산한 바람이
인도하는대로 후루룩 날아가겠지요

나 당신 지금은 허수아비처럼
볼품없는 늙은 소녀로 변신했지만
세상에 태어나서 그래도 미치도록
시를 사모하고 그 간 끄적인 시들 중에서
단 몇 편이라도 독자들 가슴에
파문을 일으켰다면.

나의 보디가드

최근 나의 보디가드는 지팡이

초기엔 길에서 그에게 손잡혀

나란히 걷는 게 창피해 주눅이 들었지만

지금은 묵상에 잠긴 그가

지상 최고의 나의 知己.

동방문학회 모임 스케치

-2003. 5. 꼬랑지 날

비아그라 예찬론자 J교수

요즘 어쩐지 잘 안 보이네

노구에 그 신비의 영약 남용으로

신체 어느 부위에 고장이라도 났나

새 얼굴 80세 L수필가

학벌도 만만찮고

79세부터 글쓰기 시작

우와! 경탄

수필 시 사진작가 Y님

늘 부처님처럼 정좌

출석률 양호 나처럼

목소리 볼륨 최대로 높이고 등장하는

전 고등학교 교사 L시인 오늘 결석

직전 회장 아동문학 교원대 교수
모 교수의 생리가 느글거려 자퇴했다고

동방문학 발행겸 편집 L시인 평론가
지금은 한창 청산이지만
문학에 대한 그 열정
변함없이 무궁 발전하시압
결국 우린 시로 망할 거라는
활자 공해 자탄

K시인 목사 가족 동반
베트남행 7년 체류
젊음과 패기가 부럽네

신임 회장 전 초등학교 L여교장
관리자 특유의 권위주의 향내 물씬
도도하고 위풍당당

전 동국대 영어 교수 D수필가
작은 체구에 늦깎이 방랑자

전국 오지 유령의 집만 찾아다니며

월 생활비 5만원으로 자족 어불성설

최근 수필문학 허구 수용 운운

공복 해결 후의 원초적 본능은

60대 후반임에도 자제불능 고백

그런데 모든 선후배 문인들을

자기 휘하에 놓고 키질하는 자만형

멀리 단양 산비탈에서 신선처럼 혼자 살며

군더더기 없이 깨끗한 시를 쓰는

K시인 보고 싶네

그 분의 시가 시가 아니라는 사람도 있다니

그럼 어떤 시가 진품 명품인가

충남 아산댁 J시인은

아직 푸런 햇병아리

붙임성 있고 만날 적마다 얼굴은 쾌청

염세 철학자 닮은 나는 평교사로 은퇴

어처구니 없게도 지팡이 인생이 되었다

아! 죽고 싶어라 아니 아! 살고 싶어라
이 두 문장은 비슷한 말
노년은 누구나 한 가지색으로 그린 슬픈 그림

우리 곁을 떠나 돌아오지 않는 문학 동지들
어디에서고 건재하시라

이 와중에 얼마 전 노무현 대통령 曰
대통령직도 못 해먹겠다고
무능하면 퇴진해야지!
얼핏 추임새 말 같은 시국 이야기도

글쟁이들 대부분이 자기 글에 도취
남의 글은 안 읽는 경향 그리고 칭찬에 인색
가장 정서가 풍만한 문학인들이 냉혈이라니.

이란의 6.7도 강진

죄와 벌의 댓가와는 무관하게

불꽃놀이 같은 즉결 사형집행은

나의 이상심리 판단으로는

통증 과정 겪지 않음이

오리려 신의 은총이요 축복이 아닐는지.

즉흥 나들이

봄날스런 겨울날

딸의 운전으로 달리는 자유로

나의 귀는 초현실주의 같은

베토벤의 교향곡 4번 7번의

늪에 빠져 있는데

낮달은 우리를 줄곧 따라오고 있었어요

임진각 입구 도로변 적막한 논바닥에선

가난한 농부 농녀 허수아비들이

해맑은 표정으로 우리를 환영하고 있었어요

자유의 다리가 보이는 길목 돌비석엔

인소리 시인의 망향 시 한 편이

오십 년 끊어진 안부가 바람으로 서 있구나

첫 줄이 콧날에 식초를 뿌렸어요

접근 금지 철조망엔

뭇 실향민들이 남기고 간 흔적
헝겊 테이프 꼬리표들이 나비처럼 팔랑대
이산가족 혈육들이 흐느끼는 통한의
눈물방울 같았어요

석양을 등에 짊어지고
말러의 교향곡 제 1번을 들으며 귀가
낮달도 덩달아 딸꾹질하며
귀가를 서두르데요
하늘 한 귀퉁이에 걸린 몇 조각
연분홍 노을은 예술이었어요.

재회

-속 교단 일기

1.

결혼 전 꽃봉오리 시절의 동료교사
거의 반세기만에 만나니
서로 할머니 문우가 되어 있었네

2.

교인인 그녀
내 꺼멍 지병들을 듣더니
마치 길 잃은 어린 양을 연민하듯
긍휼히 여기면서 설교하기 시작
귀가 지잉— 환멸스러웠네

3.

어느 날 느닷없이
교회 다니는가 확인 전화
내가 부정하자
아니 여직껏 예수 믿어

구원 받지 않고 무얼하냐 호통
원 벼얼! 종교에의 귀의를
강압한다고 되는 일인가.

63년도의 늦가을

-속 교단 일기

벽제초등학교의 분교인

6학급의 내유초등학교는

문산 가는 국도변 언덕빼기에 위치

교무실 현관에서 내려다 보면

심심잖게 이따금 군용 트럭이나

짚차가 위용을 떨치며 질주하고

목욕도 안한 허리에 빨간 샅바 두른

시골 완행버스가 연기같은 먼지를 일으키며

저 멀리 꼬릴 감추고 나면

국도는 다시 깊은 명상에 잠기고

작별의 노란 밤색 손수건을 흔들어대는 가로수

교문 밖에 초가집 한 채 울타리를 대신한

지붕 키를 능가한 피골이 상접한 옥수수대는

늦가을 바람에 흐느끼고.

향수

-속 교단 일기

산위에 올라

태극기가 펄럭이는

초등학교 운동장이 내려다 보이면

나는 왠지 눈물납니다

어느새 내 발걸음이

학교 교문 앞에 다달았을 때

노을빛 유리창가 어느 교실에서

오르간 소리가 거룩하게 울려퍼지면

나는 가슴 뭉클

그 자리에 석상(石像)이 됩니다.

징검다리 휴가
-속 교단 일기

공직에서 퇴진한 나는
징검다리 휴가도 남의 얘기.

故 정명현 교사

-속 교단 일기

부천시 오정초등학교에서 함께 근무

동학년이었던 J교사 57세

피부암으로 생을 제대

그는 염라대왕 앞에 가서

제일 먼저 뭐라고

고해성사를 했을까.

五十肩

千命과 작별한 지가 언젠데
곤두박질하다시피 耳順 고개 너머
낼 모래가 古稀인데
반갑지 않은 불청객 오십견이 염치없이
왼쪽 동녘 또 방문해 기세 등등

바람만 스쳐도 톤 높은 비명
열중 쉬엇 만세 부르기
용변 후 뒷처리 온동네 방네
고루 휘젓고 다니며 훼방

한 밤 중엔 잠못 이루도록
더 격심한 반란 벌써 반 년째
퇴진할 줄 모르는 웬수.

불면증

내가 불면증과 知己가 된지는
이미 아득한 옛날 얘기

평생의 심한 불면증을
하품으로 달래고 살다.

가뭄 든 눈물

송곳으로 찌르는 듯한 통증
눈물샘이 말랐단다
눈물샘 마르는 약
복용한 적 없는데

젊은 날 좀 많이
비축해 둘 걸
남몰래 흘린 속 울음
너무 헤펐나 보다.

장기 기증 문제

아무나 용단내리지 못하는 장기 기증
서명하는 사람들은 극락 가겠네

나는 어디 한 군데
성한 데가 있어야지
내겐 해당 사항 무
조금도 웃을 일 아니네.

자화상 2

거울 앞에 다가서면
거울 속의 여인이 질문하네
예전의 너냐고

한 일자로 다문 입술
그래도 아직 존심은 좀 남아 있구나

지층이 형성된 턱 밑 목 주변
안면은 多島海

한 여름만 빼고
삼철 감기를 데리고 사느라
복용한 항생제 덕분에
정수리엔 민둥산이 올라 앉았다.

생의 후렴

하루 복용한 약
혈압 강하제 혈전 용해제
지방 분해제 위장 보호제
독감 처방약 진통 소염제
신경 안정제가 내 위장에서
교전을 하나보다

그밖의 민간요법 약들
내 입맛은 고비사막
수면은 白夜.

우울증

누가 날 보고
염세철학자 같다고 한 말
싫진 않지만 어쩌나 사실이면
그럼 세인들에게 내 오장 속
다 들켜버린 셈

한 여름 삼복지절에도
내 가슴 속에선 서늘한 늦가을 바람이 불어
고개 꺾인 수숫대가 서걱이고
황금 봄날에도 나는 왜
사막처럼 고적한가.

餘生

일직선상에 놓인
과거 현재 미래를
함께 조율하고 살아온 생애

이제 건너야 할 내 삶의
징검다리는 몇 개나 남았을까

나이에 비해 일찍 무너진
내 몸뚱이

죽음 끝자리의 유형은 다양한데
저만치 보이는 종착역.

덤으로 살면서

눈만 뜨면 안 아픈데 없다고
노래만 부르는 내 나인 지금
중년을 바라보는 내 자녀들에게
있어도 그만 없어도 그만
별로 절실한 존재가 아니네.

蟄居

나이 먹고 몸에 병드니
자신감이 없어져
남 앞에 나서는 일이
두려워 칩거 중

노자의 말을 빌리면
무릇 열매를 맺었으면 떠나라고
그런데 떠날 채비 과정이 태산준령

창가에 기대어 언제 올지 모를
나의 죽음을 기다리며 사네
혹여 저승에 가서도 또 이리 아프면
난 저승에 안 갈래.

한 줌 흙으로 사위기 위하여

흙과 한 몸 되기 위한 여행
특급 열차표 예매하기란
그리 쉽지가 않구나

산은 오른 만큼 다시 내려와야 하듯이
죽음은 살아온 길 되돌아가기 위한
출발점

착지하기까지 무채색으로
단순했으면.

인간 무용지물

송이고
우이고 간에
늙고 병들어 비실대면
무용지물

이사 갈 때 낡은 가구나
쓰레기 버리고 가듯
폐기처분해야 혀

나는 일평생 생활전선에서
전투하다 쓰러진 1급 상이용사
하지만 국가 유공자도 아니니
보상받을 길이 없구나.

제목 잊은 옛 영화

비무장지대에서 공놀이하던 소년의 공이
적군 철조망 밑으로 굴러가자
철책 근무병은 공을 돌려준다며 소년을 유인

지하에서 소년은 생체실험 대상
전신마취 후 호수와 연결된
큰 유리 항아리에 혈액을 모두 채혈
잠시 후 정물화 된 소년을 내려다 보며
조용히 미소짓는 그들

고통 없음의 불치병 환자 모두에게
적용할 수 있는 최고의
안락사 방법임에 나는 감탄

지병 많은 나
어느 골 빈 의사가 있어
이런 은총을 베풀어 주랴.

불안한 내 체온

엄동설한에도
오뉴월 삼복지절에도
함실 아궁이에 군불 듬뿍 지핀
아랫목 구들장처럼
연중 휴일도 없이 내 손은 항상
쩔쩔 끓는 용강로

안에서의 열 관리가 불안한
내 체온 내가 연민한다

사람도 꽃의 생애를 닮아
조용히 소멸했음 좋겠다.

꺼멍 持病 넋두리

나는 결혼 초부터 오늘에 이르기까지
저승 사자에게 수 없이 끌려 가
능욕을 당하고 도망쳐 오다

억겁을 치유되지 않는
태양의 흑점 달의 상흔 같은
비밀스런 꺼멍 지병들

불고문 당하는 듯
끓는 물 쏟아 부으는 듯
매운 고추가루 뿌려대는 듯한
잔인한 진통을 평생
혈육인 양 데리고 산 슬픔이여
그 증센 차라리 초열지옥

게다가 허리 디스크까지 겹쳐
하반신 마비 거의 매일 병원으로
출근하는 일이 나의 과제다.

노을일기
기다리지 않아도

2004년 7월 01일 초판인쇄
2004년 7월 10일 초판발행
지은이:권 효 남
펴낸이:이 혜 숙
펴낸곳:도서출판 신세림
100-015 서울특별시 중구 충무로5가 19-9 부성B/D 702호
등록일:1991. 12. 24
등록번호:제2-1298호
전화:02-2264-1972
팩스:02-2264-1973
E-mail:shinselim@chollian.net

정가 7,000원

ISBN 89-5800-019-8, 03810